月影という名の

森水陽一郎

思潮社

月影という名の

森水陽一郎

目次

「サクラオオカミ」
「Python 006・007」

制作・モデル＝佐野藍
撮影＝Kenji Agata
装幀＝思潮社装幀室

月影という名の

月影という名の

誰にも知られぬ男は、顔を持たぬ女に向けて
ある春の日、ツイッターにこう書き込んだ

僕は自分の作品を、一つ一つ別個なものとしてとらえていない。決して完成を見ることのない終わりのない一枚の曼陀羅を、生涯をかけて描き上げていくようなイメージであり、日々のツイートは、まだ見ぬ読み手に向けての、投壜通《とうびん》信のつもりで書いている。

そのツイートは、女の左耳を大きく迂回し
誰にも知られぬまま、引き波にさらわれ沖へ発《た》った

男はその一生を、誰にも知られぬまま終えるだろうと

覚悟とあきらめの笑みで、自分の影だけを伴侶に
日々生きていたが、呼び鈴《りん》の震えには気づいていた
ぴたりと重なる、双子の影がいることに気づいていた

タバコも吸わないいし、ハレの場ぐらいしか酒を呑まない。徹夜で遊びまわらないし、食事もそのほとんどが野菜たっぷりの自炊だ。そうして世間的にはまったく面白みのなさそうな人間になることで、体調不良を免罪符にできないよう心がける。のどが灰色に渇けば、書物を捨てて旅に出る。そんな生き方。

女はある秋の日、インターネットの検索欄に
寺山修司の本の題名を、記憶違いで打ち込んだ
『書を捨てよ、町へ出よう』は、音階をはずして
「書物を捨てて、旅に出よう」となり、親切で聡明な
検索エンジンの導きにより、偶然の手をつながされ
長らく沖に漂流した、投壜のもとへとたどり着かせた

物語を書くさい、何か自分なりのルールがあるかと問われたら、設定をよそから借りないことぐらいだろうか。つまり、実在していた歴史上の人物、過去の事件をどう料理するのかではなく、料理に使う材料そのものを、自分で土を耕し、こしらえてみたい。勝ち馬に頼らない、愚直な創造主でありたい。

誰にも知られぬ、顔のない女は、孤高のアダムをそこに見てもし自分がイブであったなら、彼にどんな言葉をかけるだろう
差し出せるだけの赤いリンゴは、手元にあるだろうかと
これまでに手放してきた二百個あまりの
殻を破れず死の蛇と結ばれた卵子たちを思い浮かべる

おそらく僕の葬式は、とても淋しいものになるだろうという確信があるのだが、だからといって、無理に友達の輪を広げていきたいとは思わない。よく見かける「葬式によって、その人がどのような生き方をしてきたか明らかになる」という文言、たしかに心をざわつかせる強度があるのだが、僕はどちらかと――

140字の垣根をこえ、誰にも知られぬ男はつぶやき続ける

どちらかというと「彼は何も残すことができなかった。家も土地も、財産も借金も子供も残さなかった。その死によって、誰ひとり悲しむことがなかった。しかし彼の歩いたいびつな足跡を見つけて、はだしの足裏を重ねて微笑む人たちが、いまでもあとを絶たないのだ」というほうに、ぜひ一票投じてみたい。

女もまた、垣根をこえ、その足跡に触れてみたいと思う
死の瞳をやどす男の白い蛇を、小箱に受け入れたいと願う
女は繭玉《まゆだま》をほどき、いつか訪れる日のために
途切れがちな言葉のより糸を、電子の指先につむぐ
あなたはもう、月影という名の、ひかりのまれびとです、と

はしご

わたしがこれから出会う人は
わたしにつかの間訪れた
新緑の春を知らぬ人
小麦の盛夏を知らぬ人
柿熟《かきう》れの秋を知らぬ人
冬の洞穴《どうけつ》だけを知る人

あなたはきっともだえ死ぬ
わたしの過去に食あたりして
あなたはきっとあきれ死ぬ
終わりなき線路の赤さびにふれて
あなたはきっと凍え死ぬ

洞穴のいたるところに
息絶えたロウソクの白山《しらやま》を見て

あなたはきっときてくれる
今宵の月が腐り落ちて
不幸な目玉焼きのように破れても

あなたはいつか手を伸ばす
もいだばかりの匂い立つ
グレープフルーツを
夜空のへりにそっとかける
わたしのはしごを
支えるために

弔童《ちょうどう》

「藁御《わらご》」という土着の風習が、外房で廃れて半世紀
蓑衣《みのごろも》をすっぽりとかぶった、素足に下駄だけの
カラカサオバケのいでたちで、その人は浜辺をそぞろ歩く
ときにくすくす笑いで、スマートフォンのレンズを向けられ
ときにパトロール中の警官たちに、かこまれ隅に追いやられ

僕たちはその人が、長らく中学で国語の教師を務めた
古希間近の、埼玉からの移住者であることを知っている
放置された竹林を、土地の人間にまじって伐採し、炭を焼き
味噌や味醂《みりん》、梅干しや古漬け作りの、エキスパートであることも

藁御の始まりは「童の子《ワラハ》」であり、先立った緑児《みどりご》たちの

身代わりの弔《とむら》いであり、手切《てぎ》りのための流し雛《びな》であり
ワラゴはいつしか、豊穣の神となり、土地を愛でる風となり
稚児《ちご》の鯉のぼりを空に踊らせ、臨終の囲炉裏の火を吹き消す

ある日をさかいに人断ちをし、藁御となったその人の奥に
僕たちは又聞きだけで知る、母と子の、逆転の営みを重ね見る
すでに九十をすぎた母を、週に二度デイサービスに送り届け
自宅では三時間おきに電動ベッドに寄り添い、ときに徹夜し
妻の骨壺を、いまだタンスの上から動かすことができず
その人は、ほんの少しずつ老いの石臼にすり減らされ

背中をくの字に曲げた母を車椅子に乗せ、五月の海の
浜辺のスロープを押し歩くその人は、知らぬ者にとっては
きっと老夫婦のいたわりにも見え、あるいは最後の旅の
思い出作りにも見え、潮風に錆びた失意の彫像にも見え

浄水器や羽毛布団を言われるままに買ったその面影も
すでに遠く、古希の息子はさずけられた名前を失い
下《しも》の世話を焼く、顔なじみの「ご苦労さんの人」となり
ああ、ご苦労さんです、ありがと、と息子も初めて聞く
呉《くれ》なまりの響きが、年老いた母を海辺の少女に若返らせ
寝返りさえ打てぬ、枯れ細った赤ん坊へとたどり着かせる

フランチャイズの斎場で、座席を余らせたその式から
しばらく浜に足跡は途絶え、ぷつんと断ち切られた
かなわぬ殯《もがり》の手がかりでも探すように、その人は
発酵さなかの自家製味噌、黒豆の甘酒、柿酢などを
夜ふけの浜に持ち込んでは、横たわる藁衣《わらごろも》の人形《ひとがた》に
なすりつけ、御神酒《おみき》でもまとわせるように、ずぶ濡れにし

流木を拾い集め、組み上げて荼毘《だび》にふすその炎景《えんけい》が
身代わりにも、息子にもなれなかった藁御の死を知らせ

僕たちはただ、焼け残った炭の山が、波にさらわれるのを
ばらばらになった想いが、熱を失い、白く洗われていくさまを
遠く、近く、目に焼きつけ、口承のかがり糸で結んでいく

キキュウノヒ

こんにゃくのりで貼り合わされた
直径十メートルの巨大な和紙風船が
九十九里の浜辺から放たれて早七十年
遠いオレゴンの地ではじけ散った爆弾で
聖職者と五人の子供が失われたことなど
すでにささやかな戦禍の一ピースとして
血色《ちいろ》の閃光に華《はな》やぐ、歴史の流砂に埋もれ

指紋が消えるまで奉仕した女学生たちは
五層に貼り合わせたつぎはぎの和紙の行方を
知るはずもなく、知らされるはずもなく
戦後、新聞記事の片隅で

あるいはドキュメンタリー番組で
指先を膿ませた、その汚れの意味に気づかされ

浜辺までつづく二キロの引き込み線も
列車の窓を覆い尽くす鎧戸のいわれも
土地の民は誰一人として、知る、はずもなく
松林の上、ふわりと浮かんで遠ざかる
試験用の、乳白色のクラゲの群れを
灰色のもやだまりを胸に抱え、ただ見送るばかりで

七十年の歳月が過ぎ去ったその夏
はるか小倉の地から赴《おもむ》いた一人の老婆が
孫娘に付き添われ、自身の歩みの足をふところに
話だけで知る上総一ノ宮《かずさいちのみや》の駅に降り立つ
風船の放球台はすでに取り払われ
磯風かおる道路脇の、草むした一角に

小さな石碑と、案内板が立つばかりで
それでも二人はひざを落として
海をへだてたオレゴンの地に向け
しばし両手を組み、ロザリオに御言葉《みことば》の涙を這わす

その夜、二人は土地の声にまじって
竹ヒゴと和紙を手に、見よう見まねで
四角に貼り合わせ、中にささやかな一本の
不断の祈りを込めたロウソクを立て
七十年をつなぎ渡した、その二つの手で
墨色《すみいろ》の川面に、希求のともし火を送り放つ

はじまりの手

卵を一つ割り落とし
はじまりましたねと
あなたは微笑む

熱したフライパンに
ごろり寝転び
春にまみれて
三社祭

篠笛《しのぶえ》はシーツに
さざなみ立たせ
太鼓のはしごが

二人を天人《てんにん》に染める

割り落とされた卵は
坑道深くもぐり込み
湿《しつ》の墓場をくぐり抜け
ふたたび月夜にたどり着く

十月十日《とつきとおか》の約束を
あなたが墨で埋めるころ
私は七色の生糸《きいと》で笛を編み
ハーメルンには背を向けて
銀の小鈴《こすず》を出迎える

あなたの真実の影と
私のいつわりの光で
編み上げられた

はじまりのもみじ手に
歩みの靴をさずけられ
白紙の道を、さずけられ

ほどなく地球は
見なれぬ内気なふた文字で
2グラム目方を増すだろう

砂漠の麦

浜から歩いて二分、「ラクダこぶ」と呼ばれる高台に
麦子さんが一人きりで家を建てたのが三十年ほど前
年がら年じゅう波とたわむれ、すっかりしみと手をつなぎ
漁師連中が「真っ黒焦げの、麦子さん」と親しみを込め
そう呼びかけるのを真似して、浜の子供らは押しかけ
「麦ちゃん、麦ちゃん」と、真の名などポイとうっちゃり
ジャガイモとシラスたっぷりのスペインオムレツや
自家製ベーコンとチーズをくるんだそば粉のガレットなど
異国の風かおる、原色に彩られた料理にがっついては
木陰のハンモックに揺られ、トビの輪を昊天《こうてん》に浮かべる

麦子さんはアレッポ*生まれの、褐色の石鹸のかたまりを手に

ロッキングチェアに深々と腰を下ろし、なじみの彫刻刀で
一片《ひとひら》一片、奥に隠れた緑の薔薇《ばら》の、花びらを浮き立たせては
ぽろぽろと、その足元に摘まれた未生《みせい》の声をこぼしていく
パスポートに折り重なる、色とりどりのスタンプの暦《こよみ》が
ふところにするりと手を差し入れてきたカルカッタの
マクドナルドのカップで土下座の物乞いをするバンコクの
蠅の渦巻くガラスのゴミ山を素手であさるフィリピンの
あの日を最後に途切れた、産肌《うぶはだ》の面影を浮かび上がらせる

開け放たれたはき出し窓から、潮《うしお》の芽をはらんだ南風が
さっと吹き込んで、レースのカーテンを旅立ちの帆に変え
手のひらのくぼみでほころんだばかりの、緑の薔薇を
声の途絶えたアレッポの、深紅の崩壁《ほうへき》へと連れ立っていく
木洩れ日の光の蝶が飛び交う、凪《なぎ》のハンモックの底が破れ
静かに閉じられていく二つのまぶた、その瞳の奥から
滾々《こんこん》とあふれ出る血色《ちいろ》の粒を、癒えぬ悲鳴を、遠く想い

麦子さんはシルバーウルフの髪なびかせ、素足のまま
庭先へと抜け出て、夏草の息吹に、頭から五体投地する

手からこぼれた緑の薔薇に、ミツバチの羽音は聞こえない
砂漠の悼《いた》みを引き受ける神は、ラクダのまつ毛に腰かけ
小さき者たちのため、虫に喰われた茎笛《くきぶえ》で、小鳥の歌を奏でる

＊シリア北部の都市

安心してください

その人は僕の書いた物語をたよりに
どうやら森の家まで訪ねてきたらしく
身勝手なマーキングでもするように
郵便受けにメモ用紙を一枚残していた

はじめまして、＊＊と申します。
何度かブログ宛てにメールを送らせてもらったのですが
返事をいただけないようなので、直接参りました。
怖がらせてすみません。いいところですね。
この家、ストリートビューでも見られない！　田舎！
『＊＊＊＊＊』を読んで、探しあてたんですよ。
ツイッター、見てます（一度ブロックされました）。

ここが目的じゃないです。鴨川にこれから行くのです。帰りに寄れたら寄りますね。アクアライン経由なので？

念のためその日から、知り合いの家に二晩ほど世話になり森の家に戻ると、道の駅の紙袋が扉の取っ手にかけられのぞくとアジの干物をふたにして、ひとかかえはありそうなシーワールドのおみやげらしき、シャチのぬいぐるみで

メールボックスの「迷惑メール」の沼地をひらくと衛星放送の偽造カードの勧誘や、三千万円の当選通知の並びに見覚えのある＊＊という名と、メールの題名だけが読み取れ「男なら、白黒ハッキリ！　シャチですね！」と俳句じみたリズムに乗せられ、本文をひらきそうになるがいやいや、これはまずい心の昂《たか》ぶり方だと、口のへりを結び直す日曜礼拝の交換バザーで、稲垣足穂《たるほ》の『一千一秒物語《いっせんいちびょう》』に化けた

シャチのぬいぐるみに、縫い直しがひそんでいたのか僕は知らない
結わえた髪の毛の束や、朱書きのお守りや、ボタンほどの盗聴器が
綿の奥にぐっと押し込まれていたのか、きっと本人も覚えがない

東京まで一時間、特急わかしおが停車する五駅のはざまの谷に
誰でも入場券一枚で、足音なく忍び込める、影なく飛び込める
ここが目的じゃないです、怖がらせてすみません。
急ブレーキに思わずひたいを振られる、二列シートの一人として
上座の僕がいるとはかぎらず、その人がいないともかぎらず
きっと誰もが、オセロの石をかたく握りしめて一度は座席につき
ときには傷だらけの歯嚙みのシャチが、腹の底でのたくって
ふと気づいたら、四隅を取られ、おきどころなく、残り一枚で

後ろ手にしばられ、目を白黒させて、荊冠《けいかん》のしめつけを訴えても
きっとカルテから顔を上げ、灰色の瞳で諭《さと》されるのだろう
安心してください、その人は神様でも何でもありません

はだかの王様の、ただの仕立て屋さんにすぎないのですよと

死のしおり

このピザは切り取られたる地球かな
と、君は得意げに七五《しちご》の人となるが
たしかにトマトソースの血のマグマと
どろりと溶けのびたアダマ*のチーズは
始まりの核を育む、大地の揺籃《ようらん》にふさわしく

ほら、イチジクの葉っぱがわりに
と、バジルの緑を散らされたあかつきには
僕たちはむしゃむしゃ、もぐもぐ
手づかみで禁断の、五月の原っぱを割り汚し
食いちぎっては、咀嚼《そしゃく》の舌をからませ
もつれた枝をたがいの幹に食い込ませて

湯気立つ福音のページにくるまれて眠る

地球のかけらはたがいの胃袋のなかで
角を失い、名前を失い、あみだ割れの来歴を失い
哀しみの足跡と、たどりゆく未来を失い
シーツに眠る、つながれた二つの指先だけが
真実の水脈をさぐり、砂時計のくびれにとどまり

僕たちはむしゃむしゃ、もぐもぐ
たがいをむさぼり食っては、また生まれ出て
水平線に立ちのぼる、あの夏雲の背中あたりに
宛名のない手漉きのはがきを、そっと投函し
ただひたすらに、白妙《しろたえ》の獏《ばく》がまどろみの
夢のかけらで満腹にいたれと、歌い上げては
影の予感をともした小指の爪の切っ先を
パチンと切り落として、自重の鎖をけずり

予告された死のしおりを、明日《あす》へと着払いする

＊アダムが形作られた、原初の土くれ

ドクロ婆

ドクロ婆が死んだことを
帰省のおりに母から聞かされ
あのころと同じように
自転車でふらりと三分
袋小路のどんつきに居座る
トタン板で囲われた駄菓子屋に向かう

すでにアロエの鉢植えや野外ゲーム機は
跡形もなく消え失せ、子供らの笑い声もなく
白茶けたガラス引き戸の、取っ手の黒ずみだけが
三十年前と変わらず、汗ばんだ夏の握りこぶしにおさまる
緑青《ろくしょう》吹く十円玉の、ほのかな桜餅の匂いを思い出させ

鉄板に湯気立てる焼きそばソースの香ばしさや
いきがった高校生たちのタバコの煙が渦巻く
大人と子供の垣根がごちゃまぜになった店内に
ドクロ婆の屈託のない笑いと、コテさばきが響き
神棚に鎮座する、握りこぶしほどの黒ずんだドクロが
油まみれの扇風機にぬるくなぶられ、くぼみの涙を乾かす

毎朝小さなおちょこに、なみなみとミルクが注《つ》がれ供えられる
そのドクロが歩んできた双葉にいたらぬ途切れの歴史を
僕たちは何一つ知らない、じっと見ないし、たずねない
ドクロ婆が店舗をかねたその二間ばかりの平屋に
いつから暮らし、いつ血の綱《つな》が切れ、先に送ったのかも

おつりの小銭を僕たちの手のくぼみにあずけるたび
ほんのひととき、それはつながれて、プツンと途切れ

コンクリートのたたきの隅の、おとといあたり
ホウキの届かぬアーケードゲーム機の裏あたりに
溶け切れぬ綿雪に姿を変えて、しんしんと降りつもり
ドクロ婆の歩むはずだった横並びの足跡をにじませていく

あんた、ぼん、ちびっこ、じゃこ、ゴンタさん
僕たちの名前を一度として口にしなかった、ドクロ婆
焼けた鉄板に続けざまに卵を割り落とし
かたわらのお好み焼きで小気味よくサッとふたをし
一服の煙をあおっては、宙に泳がせるドクロ婆
淡く立ちこめる、青霧のかなたに待つその産声に
あなたはたどり着けましたか
いくつもの面影が立ちあらわれては消えたはずの
僕たちからの名無しの六文銭をふところにして

十七歳の瞳

よくない噂を耳にしたのは、ただ一度きり
君は男連中の、連絡網のまさぐりの波に泳がされ
桃色の尾ひれをつけて、さらし身となり
取り交わす言葉の郭《くるわ》の奥で、幾度も春をひさぐ

受話器ごしに聞こえる
友であったはずの同級生からの
「飛田*におるらしいぞ、あいつ」という
僕を神輿《みこし》のかつぎ手に誘うその口ぶりに
ただ黙って、波の余韻が引き下がるのをじっと待ち
「まあ、飛田いう名の墜落やな」の、誘い笑いに
ただ言葉なく、遠ざかるひづめのとどろきを聞き

数年ぶりに、高校の卒業アルバムをひらく

「あいつ」と呼ばれた君と、じっと向き合い
前歯の欠けそうな手作りチョコを渡された二月の
自転車置き場を吹き抜けたとがった風の匂いと
すだれになった前髪をそのままに手を差し出す
かすかに震えた、君の爪の白さを思い出す

誘拐犯のケビン・コスナーが風渡る草はらに横たわる
映画の冒頭で、その哀しき結末がなぜだかあのとき
十七歳の僕にはわかってしまったのだった
ひとときの眠りにつく誘拐犯ブッチをいつくしむように
風に舞う何枚かの紙幣が満ち足りぬ聖骸布《せいがいふ》となって
その身体をまばらにしか包み切れぬさまを
君と並び、たがいの手の温もりを密にめぐらせながら

裂かれた三月、嫉妬の黒い手が君のスクールバッグに
薄い文庫本を流し入れたと、信じるしかなかったけれど
五日間の停学が明けてからも、君は教室に姿を見せず
電話にも出ず、封を切られぬまま手紙は郵便受けに出戻り
クラス替えを待ちわびたように、春は君を立ち直らせるが
その背中には、はがす友なく「半額シール」が貼られており

「いやな思いをさせるから」と、一方的に断ち切った君の手が
卒業後、どのような爪のにごりをへて、薔薇の茎を握ったのか
手首に血を這わす、すり減らしの、乾いた紙幣の海に溺れたのか
僕は知らない、そしてすでに、君は噂の過去に生きていない

君はおそらく、名もなき市井《しせい》のマリアとして
父《てて》なし子《ご》をさずかり、さずかるたびに死神となり
その爪を食い込ませて、下水の谷底に眠らせたのだろう
すきま風の途絶えぬ、君の暮らす金色《こんじき》のウナギの寝床に

あたたかな敷き藁《わら》と、賛美歌の朝は訪れただろうか
僕はときどき夢に見たし、背中合わせの結末を知っていた
たとえ神の宮を探しあて、歳月の扉を蹴破ったとしても
白馬に乗った誘拐犯は、十七歳の瞳に映る
スクリーンの中でしか、生きられないと

＊大阪市西成区の遊興街

神殺し

烏有《うゆう》先生が断食に入られてからひと月半
松林に急ごしらえした浜辺のこもり屋は
いんちきを掘り当てたいカメラクルーと
台風一過の安堵に落ち着きたい村人たちで
入れ替わり立ち替わり、祭りのにぎわいで

再稼働に抗議するハンガーストライキでも
インド由来の不食のパフォーマンスでもない
教科書からはずれた千日回峰行《かいほうぎょう》にも思える
宣言も、由来も、目的も、ゴールテープもない
木桶《きおけ》の薄塩水《うすじおみず》だけを伴侶にした、その緩慢な自死行為は
悲劇に飢えた人々を引き寄せ、ＳＮＳを味方につけた

まばたき知らぬスマートフォンの目が、新たな目を呼び
烏有《うゆう》先生は手のひらに収まる見世物小屋の住人として
戯画の手ほどきをまとい、反撃の握りこぶしを持たぬ
時代オンチの空也《くうや》上人として、二束三文でばらまかれた

その昔、あたり一帯が木更津県と呼ばれたころからの
代々続く釜炊きの、藻塩《もじお》作りの神さまであることなど
一夜漬けの彼らが知るはずもなく、知りたがるはずもなく
烏有《うゆう》先生の名が、「姿なきもの」に由来することもまた
蔑称《べっしょう》の授与に命をかける彼らにたどり着けるはずもなく

烏有《うゆう》先生がひらいていた座禅道場の弟子っ子たちが
カメラ片手にこもり屋にせまる野次馬たちともみ合い
パトカーと救急車がかけつけて、喧嘩《けんか》神輿《みこし》の花が咲くが
こもり屋は奥の院の鎮まりで、日ごとにじわじわと

糞尿の発酵した死臭の前ぶれを、木戸の隙間から
香焚《こうだ》きの薄紫の煙にふくませて、じわり滲《にじ》みあふれさせ

ドクターストップとは無縁の、実りなき私的な荒行は
四十九日を前にして、イエスを背負う人権派を名乗る連中に
こもり屋の扉を破られ、自死は罪なりと、肩を揺さぶられ
カメラフラッシュの洪水のなか、団子になって担ぎ出され
救った、我々が救ったと、勝利の哮《たけ》りで浜に投げ出すと
さあ、理由を言え、どうした、言わないか、吐き出せと
烏有《うゆう》先生は人の壁に囲まれた、おとぎ話の海亀となり

我々弟子っ子は数の暴力に屈し、ただ突っかかるばかりで
通報してください、一一〇番と、高台の手すりに身をあずけ
日和見《ひよりみ》のまなざしを向ける村人たちに、手を差しのばすが
彼らはようやく訪れた引き波のにごり手に、魅了されるばかりで

薄汚れたふんどし一丁の、あばらの浮いた仰向けの肩先に
さあ、言え、さあと、追及の靴先が続けざまに刺さるが
烏有《うゆう》先生の薄開きの目には、藍《あい》さえかすむ空の底がひかえ
宙ぶらりんの宙、空っぽの空《くう》を、腹いっぱいたくわえたその身に
末期《まつご》の塩が粉吹き、満ち引きが途絶え、灰の冷たさが降りてもなお
自死だけは許さぬと、不断の神殺しの手が、我先に聖痕を待ち望む

長島*のカニ

半数近くがいつわりの名で生きたその島に
解放の橋がかけられていまだ三十年
私は見学者用の電動自転車にまたがり
潮風かおる瀬戸内の、広大な坂だらけの敷地を
すでに赤らんだ腕に玉の汗ふき出させつつ
「部外者」の居心地の悪さで一人たどりゆく

錆《さび》の浮く別れの桟橋に、柱の朽ちかけた収容所
三千五百名の声が寄り集う、出生の名を手放した納骨堂
道沿いには小型スピーカーが終わりなく点在し
「夏休みこども相談室」の快活な声が流され続ける
光を失ったその眼の、ささやかな道しるべとなるよう

ひばり、つぐみ、はやぶさ、よしきり
野鳥の名をかかげた平屋の集合住宅の並びに
揺れる洗濯物はなく、室外機のうなりもまたなく
ときおり「もみじマーク」の浮き立つ軽自動車が
木陰にたたずむ年老いた水牛のおもむきで
夏の陽射しをさけ、じっと息をひそめている

草むした校庭に、子供らの喚声《かんせい》のなごりが遠くこだまする
長らく赤錆びた扉が見て見ぬふりされた、へだたりの島

砂浜沿いの小さな畑で、熟れすぎたトマトを一心にもぐ
麦わら帽をかぶった老婆の、背骨の浮き立つ弧《こ》の後ろ姿を
収容者の苦役《くえき》の汗がしみた、ひび割れた小道より流し見る
降りやまぬ蝉しぐれごしに、おそらく聞きなれた
あるいは聞き飽きた、電動自転車の迫りを察したその老婆は

ゆるめてそばを走り抜けた私からの「こんにちは」を
耳の後ろで受けとめ、ごめんなさいねとでも言うように
トマトを握り持つ右手を、陽を嫌うヒマワリとなって背でかばい
光のうろこきらめく内海《うちうみ》に、わずかばかり頭を下げる

冷や水を背に差された私は、遅すぎる言い訳でもするように
電動自転車の補助スイッチを切り、「歴史館」までの長い坂を
足の踏ん張りきかせ、あえぎの息あふれさせ、こぎ進める
たった半時間ばかり前に目撃し、意気揚々とカメラに収めた
時をとめられた収容所「回春寮」の白茶けた床に迷い込んだ
赤褐色《せきかっしょく》のカニの亡骸《なきがら》からもげ落ちた、右のハサミの
乾ききった、行き場のないその哀しみを
汗でふさがれたまぶたの裏に、じわり浮かび上がらせ

＊岡山県瀬戸市の小島。一九三〇年、国立ハンセン病療養所「長島愛生園《ながしまあいせいえん》」が設置され、五十八年後、本土より橋が架けられる。

血の鎖

その人が堕胎の過去を打ち明けたのは
前ぶれなく杉並のアパートを引き払った二日後の
事後報告としての便箋の締めくくりであり

僕たちは恋人と呼ぶには心もとない
性欲のはけ口とたとえるには幼すぎる
心と身体の吊り橋がいつも風に吹かれて揺れる
高層ビルの日陰にしおれる、色違いの初心《うぶ》な月見草で
東京の水にそろって腹を下し、手持ちの夢を下血させ

僕が牛刀を手放して、厨房から遠のいてしばらく
その人もまた、パーマ液の手荒れから解放され

穿《うが》たれたたがいの空白でも埋めるように、あるいは
翼の折れたケリュケイオンの杖*でもいたわるように
迷いの蛇となって、その腕を、脚を、きつくからませ

その人が堕胎の過去を背負ったのは
山手線がまだメビウスの輪に育つ前の、二十の秋で
同意書の配偶者の欄には、彼女の右手が産み落とした
顔のない二十六角の名が、日帰り手術のたった半日だけ
生きては、我が子を連れ立って、ゴミ箱に死にゆき

「わたしは十四万七千円で、我が子を売り渡しました」

手術の帰り、その人はどうしても哀しくなれなくて
いまだ訪れぬ下腹部の痛みの予感をかかえたまま
山手線外回りのベンチシートに、終電まで腰かけ
たどり着いた品川駅の、タクシーにもぐり込んでも

やはり涙はこぼれず、それでも小さな小さな手のひらが
へその奥で、ぎゅっと握りこぶしを作るかすかな痛みが
こだまのように五日ばかり、途切れにやってきては去り

「山手線内回りに、あれから何度となく乗りました」
「でも、時計の針があの日に戻ることを願わない、
　　　　　　　　青い血のわたしがそこにいました」

過去へとさかのぼる左回りのベンチシートに腰かけ
その人は僕と出会うまでに六人の吐息を耳元にひたらせ
ただ、継ぎ足された縄ばしごは深淵の底に届くことなく
何度まぶたを塗りつぶしても、原初の顔は消えてくれず

封筒に記された、岐阜県の土岐《とき》市を読むこともできず
二十五の僕は渋谷のブックファーストで、地図帳広げ
等高線に縁取られたささやかな盆地に、ただ想いをはせ

新幹線に飛び乗るまでの、熱い追い風も財布の厚みもなく
ひきだしの奥に八か月の日々を折り重ねてそっとしまった

「あなたがその場所に近づくほど、
嬉しさと苦しさがせめぎ合いました」
「わたしは売り渡した赤ん坊を、
試練の道具として使おうとしています」
「我が子の首を二度絞めつける人間に、
なりたくないのです。お許しください」

書物にたよらぬ生来の詩人であった、その美しき去り人は
ときおり宛てのない投壜通信でも試みるように
あるいは井戸の深みに白い小石でも投げ入れるように
和紙を切り貼りした手製の封筒を、無記名でよこした

土岐市の消印がかすれる、便箋なしの空っぽの封筒に

言葉を持たぬその人は、親指の爪に少し厚みをつけたほどの
乳白色の陶器のかけらを、ただ一つ、決まって忍び入れ
長い思索のトンネルと、ふくみの種を置き去りにした

東京のアパートを離れる五年あまりのあいだに
季節をまたいで十三通、土岐からの便りが胸を打ったが
かけらは最後まで、丸皿にはならず、小壺にも育たず
化粧土に覆われた、つぎはぎの素顔をかくまいつづけ

転送届の一年の猶予のうちに、底抜けした深淵を埋める
金継ぎの絆の蛇が結ばれたのか
それとも宛先不明で、土岐に差し戻された封筒の先に
土地から解かれた棺の昇華を見たのか
掻《か》き出された胎児の、やどり木の幻父《げんぷ》である僕は知らない

その人がやがて老いて、病に伏せ、まぶた鎮《しず》めるとき

はがれた鱗《うろこ》に刻まれた年輪もまた、息をとめ、鎖ほどかれる
ただ一本、遊環《ゆかん》の輪をなくした物言わぬ錫杖《しゃくじょう》を、墓柱《ぼちゅう》にして

＊死出の導者ヘルメスの杖。上部に双翼《そうよく》、幹に二匹の蛇が絡みつく。

海底の木偶《でく》

夏には朝もぎの幸水がカゴ盛りでずらりと並ぶ市道沿いの無人販売所で、何年か前から円空仏を波にさらしたような、流木による素朴な木偶《でく》が、居心地悪そうに二つ三つ、肩を寄せ合いすみっこのあたりに寝かされ、手に取り裏返すと五〇〇円、七〇〇円と、丸々とした梨のそれと大差なく、棚のトマトがサツマイモに場所をゆずり、ひょうたんカボチャが大根とほうれん草に様変わりしても、見捨てられた冬のみなしごのように、あるいは盗っ人の良心に語りかける地蔵菩薩のように、アルカイックに届かぬ微笑みを薄くやどして、砂ぼこりにさらされている教えんよ、ふふ、誰やろねと、小松菜の補充に訪れた老婆にたずねても、市井《しせい》の仏師の顔はあぶり出されず、五〇〇円ぐらいならと、一つ手にとってはみるものの、祀《まつ》るまでにはたよりなく、猫に遊ばせるには忍びなく、これは彫刻刀で？　とたずねると、いや、ジュウケンジュウケンと聞き慣れぬ響きが返ってきて、ほら、鉄砲の先につけてたでしょ、戦争のとき、老婆はそこまで話すと、別の木偶《でく》を手に取り、うちの兄《あに》さんのね、形見があるから、石をへつってねああ、遺骨がわりの箱入りのやつを、乳鉢ですり潰すんだわ、胡粉《ごふん》がわりじゃないけど、それを塗るでしょ、口にはちょっと血ぃまぜたりねすぐに黒うなるんだけど、床下の井戸にね、送ってやるんよ、死んだ日は知らんのだけど、梨が好きだったから、花が咲いたころにポンッて木偶《でく》は知らないだけで、きっとなくなるたびに棚の片隅に補充され、一体五〇〇円と刻まれた認識票を背中に貼られ、不帰《ふき》の船倉《せんそう》に補充され年に一度、梨の花咲くころ、運よく手に取られたそれは、死に化粧をほどこされ、チャポンと送り出されると、つかず離れず、それでも手の届かぬ黄泉のとば口で、寄せ波引き波、歳月の澱《おり》を洗われ、ふたたび引き上げられ、銃剣の切っ先で開眼《かいげん》の朝を見るのか、それとも棚に並ばず、枯死《こし》のサンゴの一枝《ひとえだ》として、歴史の海底林に埋もれるのか、青ざめた血の唇を固結びして

ひび割られの日々

地球が球体ではなく、洋ナシ形であるように
テーブルごしにゆで卵の殻をむく、君の姿もまた
あぶり出された砂上のかげろうほどに、不確かにゆらぎ
きっとそこには、錆《さ》びカギのねじ切られてしまった
えぐられたまま放置されたいくつかの古傷や
灰色に冷え切った、へりのかけた風景画が横たわるはずで

ひび割られ、むかれることで生まれ出るゆで卵のくぼみは
僕の手元でも、君の手元でも、日々少しずつ肺を膨らませ
息の吐き場をなくして、僕たちを地殻から遠のかせて、しばり
性別でしばり、家庭でしばり、職場でしばり、血でしばり
三つ揃いの国歌でしばり、羊膜色の国境の網《あみ》でしばり

ぐらり、ぐら、起き上がりこぼしは根無し草の夢を見て
足跡一つ残せない、無精卵の現実を抱きかかえる

僕たちはいつだって、たがいの瞳の奥に雨雲の芽を嗅ぎ取り
くぼみにちょんと、かすがいの塩をまぶして、頭からかぶりつき
おはよう、おやすみ、また明日の、不眠症の獏《ばく》をいつくしむ

竹林《ちくりん》の死

夜になるとこうしてね、追い払うんですとあたりを竹藪に覆われた、ある未亡人の邸宅に、招かれた花びらきの四月、夫人は玄関の扉の隙間から、ぬるりと上半身だけを夜の冷気に抜け出させ、手のひらで三度、バンバンバンと続けざまに、扉を叩いてぴんと闇を張りつめさせ、急き立《せ》てるようにバンバンバンと、みずからの手元に山びこを響かせると、ほら、聞こえると言って身を引っ込め、私に隙間をゆずり、ああ、たしかに、落ち葉の小峰《こみね》を駆けまわるいくつかの足音と、瀕死のマラソンランナーじみた、フッ、フッ、という低いうめきが、そこにまじり込んで、掘り返され、かじられかけの赤んぼの筍《たけのこ》だけがそこに残され、でもね、立ち去らないんです、じっとほら、あのあたりで、いまでも見張っているんですと、指差した闇のしじまに、薄ぼんやりとその気配だけが居座り、輪郭のにじんだ一対のまなざしの、物欲しげな威光の淡いが、にじり寄るように見る者の肌身にせまり、今日はやはり、おいとましたほうが、と持ちかける私の手を、そっと握って、目尻のしわを深め、違うの、あの人じゃないと、はにかむように、言い訳でもするようにこぼして、私をほっとさせ、じゃあ、あれは、とふたたびだだっ広い暗がりの洞穴《どうけつ》に目を向けた私に、未亡人は答えず、ぐっと家の中に引き戻す、その手つきだけで応え、もつれた凧糸《たこいと》は四角い温もりの海へと、一つになって沈みゆき、私の目と、あなたの目に映る、闇の彼方の二つのまなざしは、それぞれ異なる血を流しており、その足跡はひたひたと、いくら扉を叩いても、内鍵を下ろしても、私たちに迫りきて、フッと吹き消し、ただおぼろ立つのは、百年ごとに人知れず花咲かせる、名も知らぬ竹林《ちくりん》の、甘露にそぼ濡れる、白い焼け野原ばかりで

産土《うぶすな》

麻の小袋に、ほんの一握りの産土をつめて
春分と秋分あたり、富山の薬売りの風情で
竹カゴを背負い、野良着姿でチャイムを押すが
毎度その顔つきは、五百羅漢の並びの一つに似て
見かけたような、はて見落としたような影の薄さで
つつがなきや、ああ、お変わりありませんねえ、と
柔和なおたふく顔で、ほっかむりをするりと引くと
竹カゴをこちらに傾け、千円札と引きかえに
麻の小袋を一つ選ばせ、ではまた、いつぞやに、と
さかさまの別れ言葉を残して、次の軒先にわらじを向ける

産土は見慣れた九十九里の、しっとりと吸いつく黒砂で

ほんのひとつまみ、米に加えて、アラメと炊かれるが
ゴマ飯《めし》ほどの彩りはなく、忘れたころにジャリッと
奥歯をおどろかせ、喉元にぎやかに八百万《やおよろず》の神をくぐらせる

羊水に砂がまじることも茶飯事《さはんじ》の、この海べりの土地に
播磨《はりま》の西から流れ着いて早十二年、テセウスの船さながら
すっかり細胞も入れ替わり、故郷のなまりも耳に遠いが
いまだ澄み切った雑煮に始まり、黒出汁《くろだし》の蕎麦に結ばれる
音階のはずれた一年が、ひきだしの奥のへその緒をうずかせ
かなわぬ赤子返り、後ろ手にこぼした可能性の顔を引き寄せたがり

気づけば足を浮かせた空の高みから、産土のバラストを矢継ぎに手放し
砂曼陀羅《すなまんだら》に手を振る浮標《ふひょう》の根無し草《デラシネ》となって、偏西風に逆らい
秒速三〇万キロの光の藪こぎで、西方《さいほう》の楽土へ、じわりにじり寄る砂列《されつ》の
末席あたり、ぐいと腕を引かれ、ふためくも、バタ足は波紋の言祝《ことほ》ぎとうつり

不死《ふし》の蛇

長らく人の途絶えた森のハーブ園にて
最後の苗分け、もってけ泥棒があると聞きつけ
訪れた十二月の昼下がり、すでにガラス温室の
棚の並びは、見事なぐらい櫛欠《くしか》けの歯抜けで
チルチルミチルはあてどなく、小春日和の枕木道を
手をつなぎ、ポケットの中に引き寄せ、歩いていく

訪れたこともない南仏の、片田舎の憂《うれ》いをまとった
くたびれたスレート屋根と、しみだらけの漆喰《しっくい》壁
宿泊客の影が遠くこだまする、寝静まったその建物ごしに
枯れ草たちの墓標のような、こんもりとした薄茶の小山が
二つ、三つと、横並びにうずくまるのが遠く見えてきて

かたわらには寡黙な守人《もりびと》となって、ピッチフォークがたたずみ

僕たちは遠慮なく、関係者ゾーンの渡し綱《づな》をまたぎこし
難を逃れた枯れ草の手に、ズボンのすそをくすぐられ
遠慮しなさんなと、おみやげの種まであちこちまぶされ
ふと足をとめると、それは刈り取られた草の山ではなく
火入れを待つばかりの、いくつかの死骸をのせた野火葬《のびそう》であり
羽を広げたフクロウ、ぱさついた毛並みのハクビシン
宝石を奪われたカワセミに、ぺしゃんこのばんざいモグラ
死骸はまばたきをへて、古びた剥製へとピントが結ばれ
ポケットの中に安堵のおかしみをもたらすが、ふと
僕たちのつながれた指先に、追憶の芽生えがもたらされ
なあ、瀬戸内の、森の火葬場おぼえてる？　と
言い終わらぬうちに、わたしもそれ、思ってた、と
顔を見合わせ、島巡りのさなかに村の古老に聞かされた
インド・バラナシの、ガンジスの炎にも見劣りしない

波打ちに面した、黒々と光る「松葉の岩台」を思い出す

いまはもう、本土の火葬場に運びよるけど
それまでは、裏の松葉をようけ集めてきてな
その岩んとこに盛って、死んだもんの足をな
足ゆうても、全部やのうて、ほんの何本かの指を
根元から切ってしもて、それを鳥やら、タコやら
蛇やら、モグラやら、そんなもんの腹にしもうて
切りひらいた腹にしもうて、木綿糸で縫い閉じてな
森の火葬場で身体焼いてる同じときに、こっちでも
燃やしたげるんや、執着せんよう、しばられんよう
あんじょう旅立てるよう、島の土地と手を切らすんや

すでに用済みとなって、燃《も》されるばかりの剝製たちは
二度目の死を前にして、どこか他人事の凪《なぎ》の落ち着きで
人造の濡れ目をにぶく光らせ、かたわらにたたずむ審問官の

ピッチフォークに、たずねよ、彼らに、と言葉なく催促し
僕たちはポケットの中、たがいの熱差《ねっさ》でも埋め合わせるように
かなわぬ不死の蛇をもつれさせ、今日も青熟《あおう》れのリンゴを温める

末期《まつご》の竹水《たけみず》

先細りした蛇道《へびみち》の果て、養老渓谷のはずれの森で
年に一度、霜張《しもば》りの二月あたりに
白木《しらき》の爺《じ》さまは、手製の穴窯《あながま》でいくつかの骨壺を焼く
半年かけて、裏山に生い茂る青竹を割りそろえ
束ねては窯のそばに積み上げ、枯れ色に育つのを待ち
ピンポン球ほどの香合《こうごう》から、浮き玉ほどの丸壺まで
身をかがめ、五百個ばかり隙間なく並べ置き
丸三日かけて、火の神と褥《しとね》をかさね、新闇《にいやみ》を焦がしていく

野趣《やしゅ》あふれる焼き締めが代名詞の、白木の爺さまをしたって
若いのが二人ばかり、代わる代わる寝ずの番に入り
色味穴から吹き出す炎の舌に、火産霊《ほむすび》のおくれ毛を見

薪《まき》はぜの途切れぬ奏でに、木と土の、輪廻《りんね》の終尾《しゅうび》を聞き知る
投げ込まれた薪は、パッと火衣《ひごろも》のひらめきをまとい
千度を超す子宮の生け贄《にえ》となり、奥へと走り溶けてゆく

灰は驟雨《しゅうう》のひだとなり、終わりなく壺の肌を潤《うるお》し
墨色のざらつき、緋色《ひいろ》の呪詛《じゅそ》、翡翠色《ひすいいろ》のビードロと
幾千のほむらの面影と、無二の筆あとを残して眠りにつき
天岩戸《あまのいわと》が破られるまで、しばし冥《めい》の静けさに酔いひたる

炭焼きに生きた白木の爺さまが、なけなしの金で海渡り
ひとにぎりのビルマの田土《たつち》を持ち帰ってから早二十年
ともに野山を駆けまわり、釣り糸を垂らした故郷の風と
南方の、白骨《はっこつ》街道のかたわらにいまだ横たわる兄の影を
織り交ぜ、焼き上げた始まりの骨壺は、いまだ空白のまま
穴窯の奥で焼かれては冷めを繰り返し、ひびのしわを重ね
荒れ果てた棚田の土で焼かれた、いくつかの骨壺たちが

今年もまた、遺骨がわりの色あせた真鍮《しんちゅう》の認識票や
白木の桐箱に長らくうずくまっていた石ころたちの
終の棲家として、桜散りの四月、直手《じかで》でゆずり渡される

銘のない、わずかにふたを歪ませた骨壺の隙間から
結露のそれとは生まれの異なる、ほの辛い涙のにじみが
じわりとあふれ、石冷えの、湿った暗がりの狭間《はざま》を抜け出て
浜風のいざないにひとり立ちし、天地に溶け分かれていく

白木の爺さまは、麻織りの、生成《きな》りの作務衣に身を包み
なじみの鉈《なた》とノコを手に、峠を越えた古竹《こちく》を訪ねて森を歩く
木洩れ日のしみを、米寿こす背の曲がりに揺れ遊ばせ
これだと見定めて腰を落とし、迷いなく水平にノコを入れ
春を閉じ込めた竹水の、揺れる水面《みなも》にしおれた指をしめらせ
かなわぬ末期《まつご》の潤《うるお》しを、西方《さいほう》の彼《か》の地に、降《ふ》りのぼらせる

煙声《えんせい》

今日こそは煙の出どころをつかんでやろうと
わざわざ深夜に車を出し、森のわだちを抜け
満々と水をたたえる農業用の堰《せき》を迂回し
丸いぼんぼりが葉隠れに連なる梨畑を横目に
ときどき窓を下ろして、鼻先を夜にひたすが
落ち葉でも、家庭ゴミでもない、つんと鼻を刺す
波打つおぼろのヴェールで闇を白濁させるその匂いは
いつもと変わらず、森を離れることでにじんで途絶え

不法投棄の後始末か、それとも家内工業の裏の顔か
懐中電灯を片手に、その昔は馬出しを備えた野城《のじろ》跡の
森を縫う街灯のない蛇まがりの夜道を、頬ひりつかせ

トラツグミの陰鬱な口笛に、ときおり首筋をなでられ
長靴の底ずれだけを相棒に、奥へ奥へと歩いていく

蔦《つた》に食われたへり崩れの、眼をくり抜かれた別荘跡を
はるか背中に見てしばらく、どうやら外房線最終の
抜け殻ばかりの下り列車が、タクァン、タタンッ
タクァン、タタンッ、ジョイント音をくぐもらせて
左耳のトンネルから、右耳の太平洋へと抜けゆき

深森《ふかもり》の奥の暗がりには、江戸を始まりの根にした
血の染みた刑場跡が、青ススキの影に見え隠れして
ひた、ひた、ひた、とふいに匂い立つ歴史の足がせまり
有刺鉄線にのぞき窓をふさがれた、家畜用の貨物列車が
神なき無辜《むこ》の民の、闇に光る多くのまなざしを連れてきて
コンクリートのシャワー室へと導き、まぶたを縫いつける

煙となり、灰となり、ため池へと流し込まれたという
彼らの声など、なかったのだ、あるはずないのだと
信じる瞳の色は、城壁を越えて、南京へとつながり
乳飲み子の首を絞める母の手の、沖縄の洞窟《がま》へとつながり

彼らの声など、なかったのだ、あるはずないのだ
そう叫び立てる声もまた、タクァン、タタンッ
ひとときの煮えた血と、日和見《ひよりみ》の小旗を乗せて運び去られ
鼻をつくおぼろの煙さがして、深森の渦をさまよう私もまた
刷《す》り込みの泥に足を取られ、のっぺらぼうのカカシとすれ違うたび
その肩を小突かれ、正負のやじろべえを、そっとまたひと揺らし

地球のまばたき

審美眼の権化《ごんげ》とひそかに呼んでいる、その婦人は
銀座生まれのしらけ世代で、幼少より月光荘の
スケッチブックにコンテを走らせ、動物でも
花でも、月でも、ビルでも、家族の肖像でもなく
ひたすら紙に傷でもつけるように、色の針先をかさね
そのうち輪郭を持つだろうと、見守られて一年あまり
ジャクソン・ポロック顔負けの、難解さを極めるばかりで

二度ほど診察をあおいだと、婦人は懐かしんで笑うが
私設の美術学校にたどり着くまで、理解者はおらず
五分クロッキーの授業で、その筆先は美の胎動をとらえ
若き婦人をデザインの世界に導くが、仲間は生まれず

独り身のトルソーとして、十七年、服飾のすそ野に身を置き
父の死をきっかけに、十三坪の古美術店を継いでからは
残りの半生を思索に費やせる立ち退き料を手にするまで
二十年あまり、母、恩師、同性の友人、五匹の愛猫《あいびょう》を
見送るばかりの、荷下ろしの人生を歩んできた

婦人は六十を前にして、耳の聞こえない十二歳の
シャムの血を引く青眼《せいがん》の黒猫とともに、鷗外の別荘地そばの
日在《ひあり》の海辺に越してきたが、数年は誰とも交わらず
みずから設計したワンフロアの、スレート葺《ぶ》きの平屋に
冷たい家具の一つとして暮らしたが、ある八月の昼下がり
町営図書館の駐車場で、バッテリー上がりの古いゴルフを
汗をかきつつブースターケーブルで生き返らせたのが縁で
僕は招かれ、舌にピリリとくる自家製ジンジャーエールを
ごちそうになり、ここ二年、気まぐれに親睦のこよりを編んできた

編んで編んで、絆が深まるほど、婦人の指先から遠のいていく
そばにいたはずの男たち、顔と腕を落とされたトルソーたち
婦人に子があったのか、子の気配はあったのか、僕は知らない
たずねない、匂わせない、引き出さない、脇の下にもぐらない
いつかのスケッチブックは、透明のアクリル板に姿を変え
指先を染めるコンテは、モーター式のリューターの絵筆となり
婦人を遅咲きの作家として、しばしば美術雑誌に登壇させる

婦人がリューターの刃先を押し当てるたび、アクリルごしの
見慣れた日常の風景が、ほんの少しずつ濁り、傷を負ってゆく
降りそめの雪片《せっぺん》が、思い出の土地でも覆い隠すように
しんしんと、埋葬の運びにいたるかのように、しんしんと

分速二万回転を上まわる、人工ダイヤモンドの針先が
その航跡を押し広げて、「Untitled《無題》」の霧を呼び寄せ
婦人を具象の重力圏からさらに引き離す、傷を解放する

僕は揺り椅子に腰かけ、昼下がりの黒猫の背峰《せみね》をなでながら
音を忘れたとがり耳ごしの、地球のまばたきに想いをはせる
そうして僕たちは、一人残らず森へ発《た》ち、戒名を接ぎ木してゆく

苦涙《くるい》の露《つゆ》

いまやすっかり梅雨時期の観光に堕ちた濡れ人《ぬれびと》も
僕が外房に越してきたころには、まだ土着の色香濃く
勝浦あたりでは、朝市でにぎわう路地をかたわらに
人目につかぬ裏通りの、地蔵堂の井戸ばたに白衣《びゃくえ》で集い
手桶《ておけ》の水を頭からかぶっての、濡れ髪の、濡れ衣《ごろも》で
その前腰にはひもをとおした黒光りの、栃《とち》の木の男根を下げ
男女の垣根を取り払った一夜神《ひとよがみ》として、肥沃《ひよく》な肉体を晒《さら》していた

戦前あたりの海女を思わせる、快活な笑い声を上げて森に入り
彼女らは経産婦《けいさんぷ》の大らかさを持って、追い人《びと》たちを迎え入れる
その昔追い人には、村の女に相手にされぬ醜男《しこお》や、奥手な童貞男
漁のさなかに不具となり、嫁迎えをあきらめた四十男のほか

幼少時に力尽くのこじあけで穢《けが》された、遠方からの傷持ちの女や
誰も愛せず、愛されぬまま、その思いをぬか床で腐らせた女たちが
噂をたよりに汽車を乗り継ぎ、そぞろ夕闇の駅に降り立ったらしい

十人ほどの濡れ人たちが、朝のうちから森の奥に散り分かれ
待ち受けるクモの巣や落ち葉の斜面に、濡れ衣《ごろも》を汚し
道すがら巡り会うては、足りぬは足りぬと、相手を引き倒し
さらにその身を汚して、みだれ髪に葉くずをまとわりつかせ
待とうぞ待とう、葉隠《はがくれ》に待とう、死して待とうぞ、追い人を、と
シダの海になかば埋もれ、枯木《こぼく》の息づかいでじっと立ち尽くし

追い人たちは手がかりなく、示し合わせもなく、夕闇の鳥目で
森へと踏み込んでは、獣道をはずれ、笹藪に頬や手を切られ
木の根につまずいては、口からこぼれかけた声をおしとどめ
両手を差しのばしたすり足の、よるべなき幼子《おさなご》となってひと晩中
濡れ人の息づかいを探して、黒い夜霧の波間をさまよい続ける

かたわらに足の引きずりが聞こえても、濡れ人は手まねきせず
呼びかけず、あとを追わず、月明かりを期待せず、ただ黙《もく》し
ふいにその生乾きの汚れ衣を、触れつかむ者がいれば
一夜神は現人《うつしおみ》と化して、されるがまま衣《ころも》を剝がされ
男根のひもをとかれ、丸裸のまま、その場に捨て置かれる

追い人はその胸に、汚れた濡れ衣と栃の男根を抱え込み
夜気《やき》の手から護るように、背中を丸めて森の斜面をのぼり
葉裏の白む、東雲《しののめ》のほの明るみのなか、岬のいただきの
葉むらの切れた森のえくぼ、火山口のような草むしたくぼみに
たどり着き、羽虫舞う下草を踏み分けて、すり鉢の底に降り立つ

追い人の足元には、陰所《ほと》の温《ぬく》みにたどり着けぬまま息絶えた
幾百もの男根が、草の穂影《ほかげ》に、なかば埋もれて横たわり
すでに朽ちた木綿の濡れ衣が、行き場のない騒水《しなたり》となって

白く破れて広がり、残らず死に絶えて、花床にへばりつき

胸元の荷を捨て置き、足元の一本を拾いなでる女あれば
土に向けて逆さに突き立て、足裏で踏みつける女もまたあり
草の潮目とたわむれるように、破顔して転がりまわる男あれば
遮二無二《しゃにむに》土をつかんで口に押し込み、奥歯で噛み味わう男あり
その一夜《ひとよ》の結びには、性差の谷取り払われ、苦涙《くるい》の露《つゆ》、満ち失せる

沖の海亀

その人は季節ごとに一度、森の家にやってくる
すみませんが、興味ありませんので、と
薄い冊子の受け取りをこばんで
はじめて追い返した日から、早一年
二度目の訪問からは、預言や審判の言葉をひそめ
ただ、お話がしたくて、でも個人としては
訪れる理由が乏しいので、迷惑にならない範囲で、と
季節の野菜や果物を手みやげに、顔を見せるのだが
灯台のほうの、あのあたりですと言うばかりで
くわしい身元は明かさず、本業も、年齢も、下の名も
やはり口にせず、ごくごく平凡な、事務職員風の
化粧っ気のない、梅雨入り前のじとっとした顔つきで

薬指にかせはなく、包み隠さず、胸の内を玄関でさらす

気持ちはありがたいが、パートナーがいるので、と
二度目の訪問のおり早々に伝えたが、ひるまず
むしろぐいと一歩踏み込んできて、海亀なんです、と
あさっての場所から言葉を投げ込んできて、押し黙り
海亀？　と当然たずねる僕に、うなずき、二割ですと続ける
海亀のうち、二割ほどはずっと、一生沖合で過ごすんです
生まれた浜辺に戻ることなく、ただようクラゲだけを求めて
でも、と僕は気づく、産卵のときに、メスは戻ってくるんじゃ
かもしれません、と彼女は続ける、でも会えるとはかぎらない
ああ、オスに、と僕は引き取って言う、海は広いから
はい、その二割かもしれませんよ、迷子の、ふふ

その人は季節ごとに一度、森の家にやってくる
スーパーでも、野菜の直売所でも見かけることのない

さんづけでたがいを呼ぶ、いまだテーブルごしの間柄だが
波の気配が、じわりと足先を濡らしはじめ、海鳴りを呼ぶ
寓話にとどめて、枕を遠ざけてきた一年を思い返し
ふふ、と笑う、ただようクラゲの日々の向こうに
きっと薬指を光らせる、もう一人の彼女がいるはずで
あるいは砂浜を掘り返す、母亀の姿もきっとあるはずで
一歩踏み出せば、離岸流が森の家から僕を引き離し
まほろばの砂の城は、はかなく崩れてしまうだろう

その人は来週、もぎたての柚《ゆず》を手にやってくる
はりつめた皮のはがれた、あとはしぼるだけの
乳白色のを二つばかり、コートの内ポケットにしのばせ

割り切れぬ朝に

もしわたしが、浮気したらどうする、と
君があの日、九十九里の浜辺で砂風《すなかぜ》にいだかれ
マフラーごしの見えない口で呟いたとき
僕は少し迷ってから、やはり見えない口ごもりで
三人のうち、たぶん誰かがいなくなる、と
横目で伝えたけれど、きっととっくの昔に
結論の小舟は出ていて、それは一人ではなく
僕以外の二人の殉教者だったけれど
それはおそらく、浮気なんかじゃなく
閉じられた日常を何度となく行き来する
君の砂時計が、とうとう割れ終えただけであり

人の死に慣れっこだった、夜勤明けの君が
生まれ育った海に背を向け、助手席をへこませて
東京湾を横断した日、きっと「海ほたる」からは
初雪をかぶったばかりの墓標が、遠く望めたはずで

君たちがいくら、きれいな死に方にあこがれて
レンタカーの棺に守られ、貪欲なタヌキを遠ざけても
それは樹海の暦《こよみ》を肥やす、凡庸《ぼんよう》な死の一つと数えられ
ガムテープの目張りは、しかめっ面で乱暴にはがされ
祈念碑だった二つの七輪は、不幸の残滓《ざんし》として処分され

君の助手席からはじかれたことに、僕は祈りを捧げない
ユダの谷底に呼びかけないし、かびたパンを噛みしめない
君たちが特売品の赤ワインで、白い錠剤を流し込んだ朝
僕は二人の友を失い、無精卵のタマゴを五つ茹でていた

不帰《ふき》の鳥蔵《とりぐら》

生では到底食べる気のしない
昔ながらの小粒のイチゴを栽培する
ザル編み、炭焼き、はては家まで手作りの
年金だけで事足りる生活の達人、Y氏に
春あたり、鳥蔵を見に行きませんかと誘われる

早苗《さなえ》が敷かれたばかりの、凪空《なぎぞら》うつす水田の果てに
下草の刈られた里山が、なだらかな下がり眉ですそを広げ
さえずりのオタマジャクシが休符なく小躍りする
萌木《もえぎ》の獣道をたどりゆくと、「森のへそ」と呼ばれる
陽だまりにあふれるスギナと白詰草の広場が待っており
ちょうど台風の目のおもむきで、草地の途絶えた中央に

子供の背丈ほどの、ずんぐりむっくりの円柱状の土壁が
こけら葺《ぶ》きの帽子をちょこんとのせ、存在だけで鳥蔵を名乗る

スギナの手にブーツをくすぐられ、歩み寄るにつれて
ふと、忘れていたことわりと、一礼に思いあたり
その昔は、土地の民の土坑墓《どこうぼ》であったという
きっといまも、思いの一かけぐらいは埋《うず》もれる
白く咲きこぼれた骨片《こっぺん》の夢跡を、ぐるりと見まわす

アフリカあたりの白蟻の巣を、人の手でこさえたような
あるいは漂流神《ひょうりゅうがみ》の大黒をおさめた土着の祠《ほこら》のような
鳥蔵を前にして、Y氏は酒布《さかぬの》の肩掛けバッグを下ろし
神前での所作を思わせる澄んだ手つきで、柿渋色の
小さな曲げわっぱを取り出すと、白茶けたこけら屋根の
てっぺんのとんがりをひょいとつまみ上げ
蛇穴《へびあな》ほどの、ほの暗いゆがみ口をあらわにさせる

乳房の先でも模したような、そのふたを僕にたくすと
Y氏はなれた手つきで、曲げわっぱにぎっしりの
朝摘みのイチゴたちを、ザラメでも流し込むように
ザザザといちどきに鳥蔵におさめ、されど底にふれた
音はなく、音はなくとも、梢《こずえ》にはたくさんの目があり
僕は「ふたの人」として、Y氏を真似て腰を下ろし
あぐらをかいて、息の出し入れを平らにしていく

ほどなく梢にいた斥候《せっこう》らしき、一羽のヒヨドリが
ふわりと鳥蔵の屋根に舞い降り、ヒステリックに
一番乗りを宣言すると、すっと吸い込まれるように
ゆがみ口めがけて頭からもぐり込み、鳥目を闇にこぼす

いつでも大丈夫ですよ、Y氏にうながされて腰を上げ
焼香でもするように、そっとこけら屋根の穴を埋めるが

内からぶつかる羽音なく、耳を刺すとがった鳴き声もなく
沈黙のこだまだけが、土壁の向こうできっと響いており

鳥蔵では、声をなくすんです
メタンガスとかの、あれですか？
いえ、死にません、ただ声をなくすんです

軽トラックの助手席で聞かされたY氏の言葉は
きっともぐり込んだ鳥ごしの、夭折《ようせつ》のカナリアであり
大原漁港の脇山の斜面に、四十メートルばかり掘られた
人間魚雷「回天」の格納庫にこだまする、声の残像であり
鉛の唇を背負って戦地より戻った、Y氏の父親の面影であり

声をなくすその鳥蔵は、朽ちるまでに木づちで壊しては
ふたたび竹小舞《たけこまい》を筒状に組み、古土《ふるづち》をこね、藁をまぜてねり
天地さかさの形代《かたしろ》を生き埋めにしては、土壁が張り巡らされ

戦後しばらくして、組み直された鳥蔵の壁は
七十年のあいだに幾度となくほころびをつくろわれ
春の鳥を飲み込んでは、声を奪い、鳥目の澱《おり》を闇底《やみぞこ》にたくわえ

悲運の弾丸でも放たれるように、ふいにゆがみ口からヒヨドリが
飛び立ってくれるだろうと、こけらぶたに手をかけ、息を呑むが
鳴き声は響かず、不帰の留鳥《りゅうちょう》として、鳥蔵の宮にとどまらせ
生《き》では食えぬ血色《ちいろ》のイチゴを、のど奥深く錨《いかり》とし、沈みゆく

聖書を閉じる

わたしはいままで、６８２人の男と寝ました
義父にあたる人物とも寝たし、まだ十代のはじめ
七歳年上のいとこととも、なかば強制的でしたが
関係を持ちました、ホームレスの見知らぬ老人と
スルメの匂いがするテントで重なったこともあります
二度堕胎し、大学の奨学金を返すために、夜の仕事に
手を出しました、ホテルに派遣されて、当然ながらそこでも
男と寝ました、その仕事は、男の下を軽くするだけで
最後の交わりは必要なかったのですが、ほぼ全員が
どうかと持ちかけてきて、ときには秘密のチップをちらつかせ
わたしは肯定のダムとなって、そのすべてを受けとめました
五十万出すから、小指の骨を折らせてほしいと希望する

野党の大臣経験者もいました、糞便を顔にかけてくれと訴える
小児科医を名乗る五十男もいました、どちらも応えました
わたしは一人の男と寝るたびに、聖書のページをちぎりました
派遣の日は、一日で7ページ福音をちぎったこともありました
ギデオン聖書の薄い紙だったので、喉の痛みやつかえはなく
銀の奥歯でぐちゃぐちゃになるまで噛み砕いてから
唾液だけで胃袋に流し込みました、ときどき目尻が濡れました
神の言葉はわたしを通して、残らずどす黒い排泄物になりました
その恩寵《おんちょう》はわたしのどこにもとどまることなく死に絶えました
６８３人目のあなたに出会うまで、わたしはきっと一千億
あるいはそれ以上の命の矢を受けとめ、残らず荼毘《だび》にふしました
あなたに求められたあの日、月のものを言い訳にして断りました
嘘でした、わたしはあなたを通過させたくなかったのです
とどまってほしかったのです、もうページを破りたくありません
６８３ページ目、ヤコブの手紙には、真昼の示唆はあっても
毛布の寄り添いはありません、わたしには眩《まぶ》しすぎるし、耳が痛い

今朝、郵便局の前の道路で、黒猫が轢かれて死んでいました
桃色の首輪をつけた、ときどきアパートに遊びに来てくれた
片耳のちょっと欠けた、メスの黒猫です、名前は知りません
一度はねられて、きっと後続のタイヤに踏まれたのだと思います
その子は顔を潰され、お腹から腸をはみ出させて横たわり
アスファルトを汚していました、そばにはカラスが二羽いました
しばらくすれば、役場の処理の人が来てくれるはずでしたが
わたしは手を広げて、近づいてくる車をさえぎり、押しとどめ
ジャケットを脱いでカラスを追い払い、そばにひざをつきました
不思議と哀しみはなく、わたしは従軍看護婦のまなざしで
ただ黙々と、はみ出た腸を素手ですくい、顔の潰れた黒猫を
広げたジャケットの上にのせて、それを風呂敷のように
包み込んで、胸の前に抱えて歩き出しました
わたしは生まれたばかりの死を両腕にかき抱《いだ》きながら
ある決心をしていました、この死を意味のあるものにしたかった
わたしは胸の内に巣くう、どす黒い澱《おり》となった匂い立つ内臓を

残らずあなたにぶちまけるべきだと思いました
生まれたばかりの死と、これまで溜め込んできた億千の死を
手放し、埋葬することでしか、聖書を閉じることができない
黒猫は近くの雑木林に埋めました、小山にいびつな石をのせました
わたしのジャケットは血で汚れています、それがわたしなのです

苦土《にがつち》

傷だらけの長文メールを君から受け取ったあの夜
僕は三か月のあいだ走り続けた詩作の只中《ただなか》におり
五月の屋久島だけを眼前のニンジンとして、鼻息荒げ
すでに二度、誘いを断られた傷心など明後日《あさって》に置くしかなく

毎朝目を覚ますたびに、ムカデよけの蚊帳《かや》の屋根ごしに
クラゲの形をした乳白色のバブルランプの底をじっと眺め
中央にあいた穴からのぞき見える、40ワットの白熱球に
誰も寄せつけぬ吹きさらしの、フィラメントの切れた
ただ一つかぎりの哀しき卵子を想いかさね、君の名を呟き

手元にある聖書を開いてみても、683ページ目の並びに

君への踏み込みを許すまでの後押しはなく、例のごとく上から
「忍びなさい」「心を強くしていきなさい」「わかるはず」
「するがよい」「見よ」「祈るがよい」、そして最終行に
「三年六か月のあいだ、地上に雨が降らなかった」という
僕たちの結末を引き寄せたがるような、あるいは
差しのばされる慈雨の手を、そこに期待でもするような
二股に分かれた、イエスを介した三つ巴《どもえ》の光の道が続くばかりで

ただ、君の見ているページに、干ばつの地割れがないとはかぎらず
僕の開いたページは、波で戻されただけの投壜《とうびん》通信なのかも知れず
君が本当に求めているもの、それは沈黙の耳の埋葬なのかも知れず
懺悔室の格子をへだてた、身のすり寄せをこばむ告解《こっかい》なのかも知れず

往復で九時間ばかり要する、縄文杉へ続くトロッコ用の線路道を
もし君と歩けたら、そっと手を取り、未踏に分け入れたらと夢想し
その命が遠く、太古に燃え尽きたはずの、幾千の星が浮かぶ夜空を

ごろり砂浜に寝転び、たがいの手に鼓動のかげりを通わせながら
時間を忘れ、性差と名前を忘れ、その死を忘れて見つめたいと願い

すねに膿《う》み傷持つ君を、僕はおぶって、房総の森の家まで連れて帰る
君はきっと目を見張るだろう、もう一人の自分がそこにいることに
あらゆる詩のはざまに、生き別れた過去と未来が隠されていることに
窓を開ければ、なつかしい原初の潮香《しおか》が頬なでる、その海辺の家で
君の手は内に向かい、ちぎられてきた聖書の空白を埋めていく

僕たちは夜に閉じることなく、これからの日々を朝へと綴《と》じひらき
結び合わされた二つの指先で、黎明《れいめい》の赤いしおりひもを編んでいく
庇護《ひご》のファスナーを下ろして、ムカデ蚊帳《かや》にもぐり込むたび
僕たちはすり傷さえ知らぬ、細胞分裂前の白い矢と卵《らん》に立ち返り
羊水の海底に沈んで、波にただようはぐれクラゲをじっと見つめる
単為生殖のかなわぬ方舟《はこぶね》の僕たちは、乳色《ちちいろ》の苦土《にがつち》を嚙みふくみ
爪先立ちで、明日の震えに降り立っていく

森水陽一郎（もりみず・よういちろう）
一九七六年　兵庫県姫路市生まれ
第一詩集『九月十九日』（二〇一五年、ふらんす堂）
第18回小野十三郎賞

月影《つきかげ》という名《な》の

著者　森水《もりみず》陽一郎《よういちろう》

発行者　小田久郎

発行所　株式会社 思潮社
〒一六二―〇八四二　東京都新宿区市谷砂土原町三―十五
電話〇三（三二六七）八一五三（営業）・八一四一（編集）
FAX〇三（三二六七）八一四二

印刷所　三報社印刷株式会社

製本所　小高製本工業株式会社

発行日　二〇一八年六月二十八日